句集

今日の風

山田閏子

朔出版

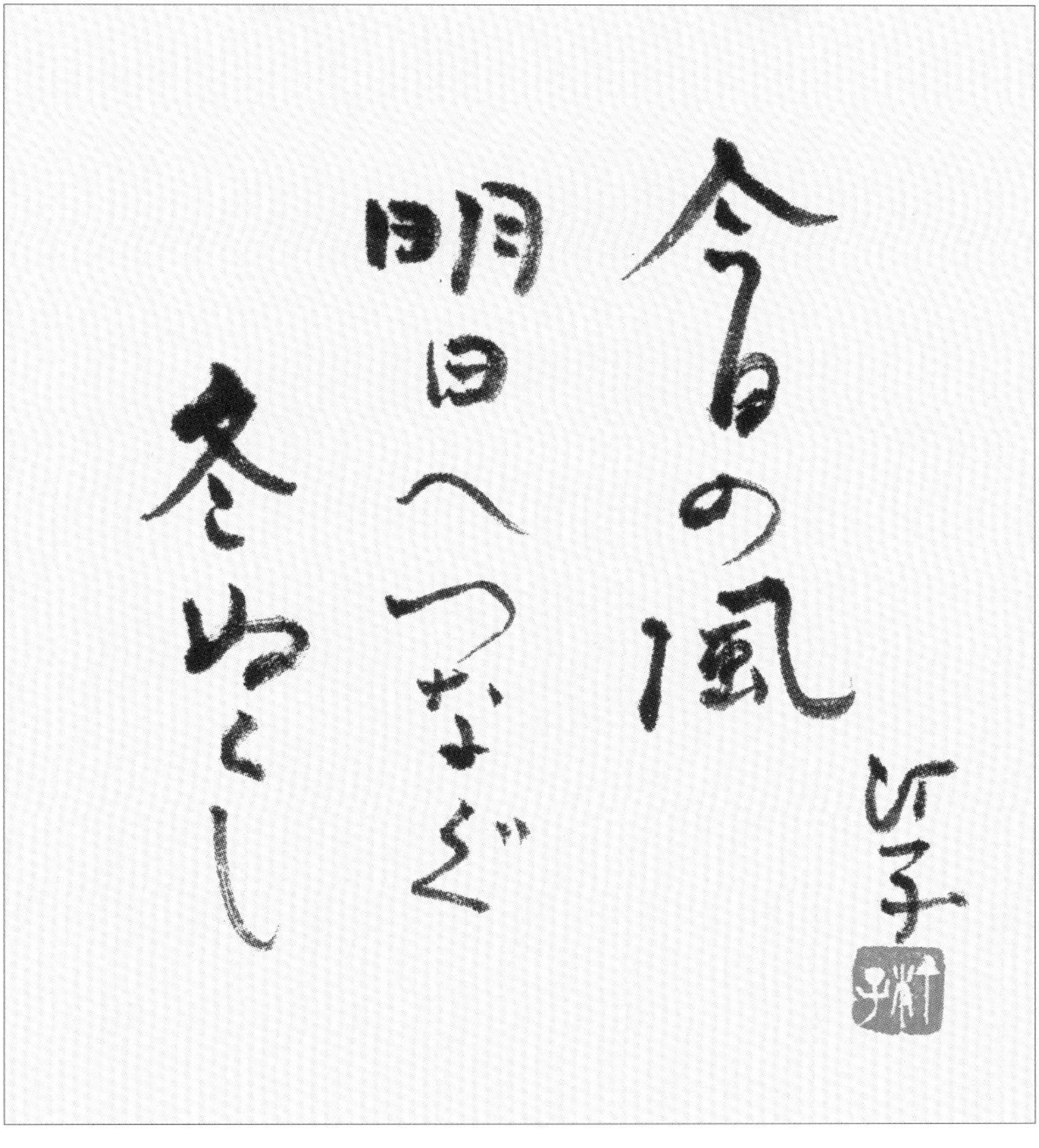
今日の風
明日へつなぐ
冬ぬくし

句集　今日の風　目次

題字　稲畑汀子
挿画　深見龍子
装丁　奥村靫正／ＴＳＴＪ

句集　今日の風

I

平成二十年—平成二十二年

五十六句

平成二十年

仕丁雛片足立ちの脛白し

蓋をする間なく白魚煮えてをり

椿寿忌や雨に濡れたる手を合せ

父と入る日のあるうちの菖蒲風呂

打水にふはりと蝶の浮き上り

夏草やこの碑もお題目

初秋や淋しがりやの母は亡く

鉦叩わが心音の追ひつけず

走る子の風に輝く秋天下

まっすぐに落ちて木の実のひと弾み

翁忌や虚子逝き未だ五十年

セーターを脱ぎセーターに着替へたる

綿虫の青き羽立て掌

みみづくや父の着物の色をして

平成二十一年

温顔の口を尖らせ小豆粥

助手席に荒るる海見て旅はじめ

京都　二句

初旅やかの嵯峨日記膝にあり

智照尼の墓前に遠く寒牡丹

雛段に瓜実顔の並びたる

山宿の夜は閉めおく春障子

よくよくと思ひし夫の朝寝かな

佐渡　二句

卯月浪高し遠流の島に着き

踏むなかれ黒木の御所の蟻なれば

来し方も行く末もなし水中花

末の子の甘え上手や庭花火

邯鄲や見上ぐる度の星の数

鉦叩忌日の墓の後ろより

一幹をなでて叩きて竹の春

衣被子供のくせに好みたる

好き嫌ひ許さぬ母よ秋刀魚焼く

露の世を共に歩みし寝顔かな

朝露を踏みきし夫のスニーカー

芭蕉忌の月を仰げる島泊り

昨日より今日を労り冬帽子

枯蔓のがんじがらめを日に晒し

花石蕗のかくも明るき知覧かな

夕暮のなぜか淋しき風邪の床

空港の聖樹の下に旅鞄

白菜の白妙一枚づつはがし

平成二十二年

春霞大手門より搦手門

蓋の開き薄紫の蜆貝

恋猫の恋の重みや膝の上

新宿のネオンに紛れ恋の猫

御陵へも海へも続く青田道

黴臭き鞄を提げて上海へ

比叡山から京都へ　二句

万緑の漆黒となり坊泊り

鴨川を青大将の遡る

顔濡るるほどに泉を掬ひけり

淋代の波音高し蟻地獄

黴びてなほ捨てかねてゐるハイヒール

あらためて叙勲の遺影敬老日

確かなる音となりたる霧雫

うたた寝といふ夫だけの夜長かな

翁忌の近づく雨の隅田川

悼　小野靖彦さん

歳晩の鹿島灘へと旅立たれ

投函の賀状重たき音を立て

Ⅱ　平成二十三年―平成二十五年

八十六句

平成二十三年

三寒の空にはりつく那須五岳

家居して使ひきらねばこの冬日

河豚鍋の怒れるごとく煮立ちたる

金屏に雛の黒髪触れてをり

母がゐて父ゐる頃の春灯

鞦韆を乗り捨ててまたすべり台

ふらここの後ろにいつも母のをり

蝌蚪いつもうれしさうなり尾を振りて

今日の風今日の太陽麦青む

どうしても焦げる目刺の尾つぽかな

師の句碑は山の容や山笑ふ

更衣姉を誘ひて写楽展

一徹の後姿や古浴衣

祭鱧京に先祖の墓ありぬ

夕焼の褪めきて通夜の始まりぬ

秋蝶のつぶてとなりし草千里

音のして縁側よりの月の客

去るにつけ風の紫苑の虚子山廬

芋の露輝きながらかたち変へ

流星や父の忌日の島泊り

秋水のくもりなき音江津湖畔

全生園金木犀の香にむせび

津軽の旅　二句

雁渡る頃の津軽へさそはるる

荒海のかなたを雁の渡り行く

部屋中をとつちらかして冬用意
暮早し母が淋しくなりし頃

おでん屋に前こごみなる背の並び

お喋りは妻にまかせて鍋奉行

大根洗ふ流れの中に覆し

友禅の炬燵蒲団に迎へられ

顔見世やそれと分かりし連れのゐて

淋代の怒濤に立つも旅はじめ

平成二十四年

寒紅や普段着のまま今日も暮れ

寒立馬孕みて脚のなほ短か

その下に真澄の水や薄氷

山茱萸の宵の口なる月の色

豊かなる髪を束ねて雛の宴

恋猫の尾のしなやかや月明り

もてなしのさくらんばうを膝くづし

きびきびと祭浴衣に割烹着

皿小鉢積み上げて待つ祭客

後ろ手に祭の寄附を見てをりぬ

大川に赤く映れる梅雨の月

竹林の中へ掃き入れ竹落葉

浜木綿の花に今宵の星の数

島の子になりきつてゐる日焼かな

ジャワ更紗簡単服に縫ひあげし
蜻蛉の反り美しくとどまれり

流灯の打ち寄せられし朝の浜
墓拝む夫に日傘をさしかくる

赤き花赤く咲きたる震災忌

一刷けの雲秋天のほころびぬ

誰もみな露けき過去をひきずれる

八千草や業平塚は日をこぼし

恐山　二句

穴惑賽の河原に影を曳き

ひもすがら荒るる陸奥湾冬近し

手をさする母の仕草や冬めける

時雨忌や我にいそしむことひとつ

婦人会総出お宮の落葉掃き

子と歩き母と歩きし落葉道

青空に形見のごとく返り花

煮凝や父を責めたる日も遠し

平成二十五年

振りかへるだけで転びぬ雪の道

売れ残る葉牡丹に日のたつぷりと

朧夜や母となりたる娘の寝顔

玉砕の島に見下ろす卯波かな

風渡りゆく睡蓮の花の数

二度三度あふぎて別の扇買ふ

曲りてもなほ片蔭の武家屋敷

比叡山　二句

滴りのこの一滴や比叡山

金剛の一粒となり滴れる

白波や石狩湾の秋の潮

蝦夷に来て秋も半ばの末草

仲秋やとみに小さき蝦夷の蝶

もののふの墓に供花なき秋彼岸

よく食べて俳句作つて爽やかに

夕鵙の猛るや島の菊畑

湖の鴨を遠くに後の月

師の句碑に触れ深秋の観音寺

手をぬかぬことを母より柚子きざむ

万物の影そのままに時雨れけり

冬の蝶水面明りに力得て

遠き世の男と女近松忌

呼ばれても聞こえぬふりのかまど猫

雪深き車窓やここら関ヶ原

数へ日のメモに書き足す墓まゐり

Ⅲ　平成二十六年—平成二十八年

八十七句

平成二十六年

さりげなくはげます書信梅椿

深見けん二先生蛇笏賞受賞

囀や吉報天に届けたく

チューリップいづれこの子も花嫁に

大川へ開け放ちたる春障子

母の日を母が仕切つてをりにけり

田植機を降りて植田を見渡せり

梅雨憂しと思はず赤きレインコート

紙魚の痕特攻隊の兄の遺書

必ずや紙魚より守らんこの一書

眉山より暮れて踊の坩堝かな

一陣の風をあまさず秋桜
日にさらしたる馬追の翡翠色

長男の嫁は伊予より獺祭忌

秋天や真横にわれの影法師

研ぎ汁のまことに白し今年米

伊勢　三句

渡りけり時雨明りの五十鈴川

一湾に残る白波神渡

伊勢湾の朝日あまねく牡蠣筏

献立も冬めくものをそれとなく
金剛となりし雨粒冬桜

滝道に積りに積る山毛欅落葉

砕けたる冬濤へまた冬の濤

天草　五句

飛行機を乗り継ぎ島の冬至粥

島影を残し暮れゆく冬至かな

降誕祭近き天草島日和

花石蕗や浦曲の奥に天主堂

なほつづく踏絵の話島の夜

恋の猫月夜の塀を渡り行く

平成二十七年

春一番相模一国つつみけり

父母の眠れる安房や磯菜摘む

悼む人あり白梅へ心よせ

禁煙の夫の横顔春灯

夕風のやがて夜風に洗髪

蜻蛉生る影ともならぬ羽開き

仰ぎけり東雲様の大夏木

ご城下を眺めの宿り伊予簾

百号の準備をさをさ梅雨籠

わだつみに眠れる兄や大西日

乗り込みし戦艦三笠白日傘

奥飛騨の中天にして望の月

影長く曳き秋薔薇に佇みぬ

鳴きやまぬ外人墓地の鉦叩

露けしや玻璃戸の隔つ御法窟

重責を退きたる夫に虫の夜々

朝霧や嘶き牧のはるかより

をりをりの風に真萩の吹かれやう

冷まじや千畳敷の御影堂

京都東本願寺　二句

得度式終へ面立ちの爽やかに

夜の食器洗ふ水音冬に入る

港の灯ポインセチアの窓辺より

東京も新宿に棲む狸かな

隠岐の島　六句

大綿の羽を張りたる行在所

湧くとなく湧く冬泉行在所

海よりも色濃き島の竜の玉

冬の雨御火葬塚へ音もなく

冬菜畑島の日ざしを存分に

声高となり炉話のなほつづく

兄聖二逝く

父のごとき兄との別れ冬の梅

白障子駆込み寺の名を今に

平成二十八年

黄を深めつつ早春の月育つ

野火走る阿修羅のごとくたくましく

啓蟄や待ちこがれたる師の一書

新聞を読みて朝寝の夫を待つ

青春といふまぶしさや波止薄暑

今日もよく働きました夕薄暑

紫陽花に鞭のごとしや今日の降り

たぎりたる湯より白玉浮いてきし

みな同じ昏さを持ちぬ蟬の穴

現し世に安国論や蟻地獄

北海道　三句

頂を見せ秋晴の駒ヶ岳

一湾の凪ぎ秋天の駒ヶ岳

流星や津軽海峡渡り来て

夫入院　五句

入院を明日に夜長の経ちやすく

病窓に夫と仰げる望の月

術後の夜重ね虫の夜をかさね

云ひ出せぬ姉の急逝秋灯

見舞客去り病棟の秋灯

冬に入る山廬の錠をかくる音

病む夫をいとへと書信冬に入る

億劫になることばかり冬めきて

老柳山荘　三句

山荘の落葉に埋れ虚子の句碑

落葉踏み落葉を掃きて虚子山廬

選集を選みし部屋の白障子
もう開き直るしかなく十二月

厚化粧して着ぶくれをはばからず

池に立つ後姿や裘

みちのくの復興遠き氷柱かな

Ⅳ　平成二十九年―平成三十一年

九十二句

平成二十九年

一病の息をふきふき薺粥

女らはこぞりて元気寒卵

落人の里残雪の深きまま
春寒しこの青空にまどはされ

鎌倉の五山の一つ名草の芽

一心にキリンに吹きししゃぼん玉

輝いてをり入学の金釦

孫　勝信高校入学

ひとまはり違ひの姉と花衣

霞立つ日本を発ちフランスへ

金沢　三句

葉桜や百万石の搦手門

日盛の花街を抜け浅野川

花街の灯ともし頃や水を打つ

どぜう鍋はなから足を崩したる

花菖蒲八国山へ蝶放つ

夕暮の海を見に行く宿浴衣

尼寺に尼の来客濃紫陽花

対岸に安房一国や夏霞

苔よりの滴り苔へ吸はれゆく

ハンカチを借りて縁のはじまりし
朴の葉をすべり落ちたる霧雫

夕霧のやがて音なき雨となり

斎藤夏風先生逝去

秋風となりみちのくに遊ばれよ

棚経を終へ法要の打合せ

乱れ萩風を離さず起ち上り

虫の音の高き御苑に昼の闇

八千草や昔男の塚に立ち

この湖のほとりに山盧鳥渡る

花こぼし菊人形の衣装替

池めぐり東叡山の落葉踏む

伊勢志摩　三句

傍らに真珠筏や鴨の陣

一本の棹を操り海鼠突く

島を出ることなく老いぬちゃんちゃんこ

平成三十年

はちきれんばかりの蕾庭の梅

清流の音の貫く木の芽山

春宵やワイングラスとシャンデリア

入学のセーラー服やうなゐ髪

孫　智美中学入学

山水を引き込む池や初蛙

里富士を崇める暮し豆の花

橋爪あゆみさんご次男大学入学

若駒の風切る北の大地かな

客船の旅　三句

客船の遅日の海へ滑り出し

釜山港春満月を高々と
更けてより右舷に仰ぐ朧月

肌すける祭浴衣や汗しとど
姉らしき後姿や白日傘

紫を水にあまさず花菖蒲

菖蒲田を落ちたる水の行方かな

狭くとも定家葛の香る庭

家中が残暑に負けて犬までも

雨に訪ふ鎌倉萩の見頃なる

露けしや色の褪せたる鏡板

時に舞ふさくら紅葉や能舞台

色鳥や百余年なる能舞台

加藤あけみさんを福島に訪ねる　三句

海へ背を向けて仰ぐや鰯雲

初鴨のかもめの群に十羽ほど

秋天や復興とげし小名浜港

琵琶湖の旅　六句

暮るるには間のある近江そぞろ寒

行く秋の近江に会ひし菩薩さま

ゐのこづち付きし靴紐古戦場

深秋の湖北湖東とめぐり来し
上り来て小谷城址の鉦叩

冬兆す湖国や午後の雨もよひ

那須岳のはるか時雨のあまたたび

豊かなる月の上りぬ雪しぐれ

日の重さ命の重さ落葉踏む

日向ぼこには重すぎる話かな

平成三十一年（令和元年）

探梅や城山にある能舞台

気づかはぬことが気づかひ大試験

かりそめの輝き放つ薄氷

昼ともす春灯昏し白書院

犬ふぐりより覚めてきし大地かな

紅梅の紅の映らぬ潦

輝ける菊の御紋や飛花落花

一陣の落花にくぐる大鳥居

誰彼と花の翳りを顔《セ》に

花下を歩す戦に逝きし兄のこと
新緑の濡るるごとくに輝けり

師と過ごすひとときみどりさす森に

知つてゐて知らざる虚子よ露涼し

清流の里とや栗の花匂ふ

父の日の献立嫁にまかせたる

松葉杖つきてわざわざ梅雨さなか

奮発の鰻ひとりの誕生日

老といふ一字封印して涼し
庭先の露に濡れたる草を引く

法要の子等の拾へる木の実かな

鈴虫の髭ばらばらに動きゐし

東山とある一寺の松手入

変りなき二人の暮し冬に入る

落葉踏む音送別の音となり

聖夜劇せりふ忘れし天使かな

海を見に行く約束のクリスマス
雪降りて子供の世界はじまりぬ

V

花の絵巻

平成二十年―平成三十一年

五十三句

み吉野の花の絵巻は落花より

玄関に武具を飾りし花の宿

水音は渓より落花み空より

水昏し桜は色を失へり

をさまりし落花や山の暮れて来し

沢音に散りこんでゆく落花かな

一蝶の落花とともに渓深く

み吉野の桜に宿り幾仏

どの墓も花の下なる吉野山
陵を訪ふ人もなき花の山

花茶屋の畳の下の奈落かな

花を出でし人影花に消えゆきし

むささびの飛んで夜更けの花明り

連れ立ちて奥千本へ桜狩

み吉野の花より蝶の生れきし
花の枝鳥の重さの加はりぬ

咲き満つる花の濃淡吉野山

み吉野の花の闇より水の音

満開の花の闇へと誘はれ
一夜さといふ一瞬や花の旅

渓深し落花のさそふ落花かな

一匹の蠅迷ひこむ花の句座

その上に夕星のあり初桜

ひもすがら花に遊びて朧月

たなびける雲春暁の吉野山
朝まだき蔵王堂まで桜狩

佇みて時に語らひ花の山

刻きざむごとくに落花また一片

み吉野の花の闇へは踏み込めず
陵に亀の鳴きたる一大事

水色の空に触れたる峰桜
水影の花に色なき夕べかな

淡海より大和へまはる花の旅

み吉野の月は朧を深めつつ

灯されて白銀となる夜の桜

み吉野の太古の闇や星おぼろ

句仇と枕を並べ花の宿

吉野山の星より花の枝垂れたる

これやこの花の吉野を去り難く

目の前の花の遮る花の景

咲き満つる花や吉野を去るにつけ

悼　河野美奇さん

蝶となり吉野の空に遊ばれよ

追悼の旅の終りぬ花の雨

富士を見てより昂ぶれる花の旅

み吉野の花ながらへてながらへて
追ひつきてまた離さるる桜狩

若おかみいよよ貫禄花の宿

み吉野の花の闇とはかく深き

朝まだき黙を解かざる桜かな

語るまじ云ふまじ花の闇のこと

み吉野の鶯よりも早く覚め
来てこその桜絵巻や吉野山

花衣後醍醐陵へ今年また

今日の風　畢

あとがき

　第三句集を出してから十二年が過ぎ、喜寿を迎えます。その記念として第四句集を刊行することといたしました。句集名は集中の一句、「今日の風今日の太陽麦青む」からとりました。長い年月には様々なことがありましたが、常に今日という日を大切に齢を重ねてまいりました。俳句に寄り添う時間が増え、充実した日々を過ごすことができるのも、師を信じ、俳句の力を信じて研鑽を続けてきたお蔭と思っています。

　今年卒寿を迎えられた稲畑汀子先生には、「ホトトギス」入会以来あたたかいご指導をいただき、ご多忙の中、序句まで賜りましたことを深く感謝申し上げます。毎年春には吉野山にお誘いいただき、その折の作品をV章に「花の絵巻」として収めました。

　そして、白寿を迎えられる深見けん二先生には、「F氏の会」以来身近に置いていただき、身に余るご指導を賜りましたことに心より感謝申し上げます。また、章ごとの挿絵は深見龍子様の作品を使わせていただきました。ありがとうございます。

俳句を始めました頃は、まさか第四句集まで上梓できるとは夢にも思っていませんでした。これも両師のご指導はもとより、多くの先輩や仲間に支えていただいた賜物と思っております。

最後に、句集をまとめるにあたり、朔出版の鈴木忍様に貴重なご助言をいただきました。厚く御礼申し上げます。

令和三年一月

山田閏子

著者略歴

山田閏子（やまだ　じゅんこ）

昭和19年　東京新宿に生まれる。
昭和52年　「ホトトギス」入会。
昭和62年　「ホトトギス」同人。
平成元年　「花鳥来」入会。
現　在　「花鳥来」編集長、日本伝統俳句協会会員、俳人協会会員。
句　集　『育みて』（邑書林）、『向き合うて』（花神社）、
『佇みて』（角川SSコミュニケーションズ）
共　著　深見けん二監修『虚子「五百句」入門』（蝸牛新社）

現住所　〒169-0051 東京都新宿区西早稲田3-18-5

句集　今日の風《きょうのかぜ》

2021年3月14日　初版発行

著　者　　山田閏子

発行者　　鈴木　忍

発行所　　株式会社 朔《さく》出版
郵便番号173-0021
東京都板橋区弥生町49-12-501
電話　03-5926-4386
振替　00140-0-673315
https://saku-pub.com
E-mail　info@saku-pub.com

印刷製本　中央精版印刷株式会社

ISBN978-4-908978-58-6　C0092